Carl Wagener

Beitrag zu einer lateinischen Syntax

Antigonos

Carl Wagener

Beitrag zu einer lateinischen Syntax

Unveränderter Nachdruck der Originalausgabe von 1872.

1. Auflage 2024 | ISBN: 978-3-38699-329-6

Antigonos Verlag ist ein Imprint der Outlook Verlagsgesellschaft mbH.

Verlag: Outlook Verlag GmbH, Zeilweg 44, 60439 Frankfurt, Deutschland
Vertretungsberechtigt: E. Roepke, Zeilweg 44, 60439 Frankfurt, Deutschland
Druck: Libri Plureos GmbH, Friedensallee 273, 22763 Hamburg, Deutschland

Beitrag

zu einer

lateinischen Syntax.

Einfacher Satz. (1. Theil.)

Von **Dr. Carl Wagener.**

(Abhandlung aus dem Osterprogramme der Hauptschule zu Bremen.)

Berlin.

H. Ebeling & C. Plahn.

1872.

Beitrag
zu einer lateinischen Syntax.

Einfacher Satz. (1. Theil.)

Von **Dr. Carl Wagener.**

Vorbemerkung.

Da in der Neuzeit so viele Gegenstände bereits dem Gymnasium aufgebürdet sind und immer noch aufgebürdet werden sollen, so muss es das Streben Aller sein, die das Gymnasium als eine Vorbereitungsanstalt für höhere wissenschaftliche Studien ansehen, die lateinische Sprache in ihrer ganzen Fülle aufrecht zu erhalten und desshalb Wege aufzufinden, nicht nur um die Erlernung derselben zu erleichtern, sondern auch, um tiefer in den Geist der Sprache einzudringen. Von jeher haben einsichtige Schulmänner danach gestrebt, und es sind desshalb auch im Laufe der Zeit die verschiedensten Methoden angewandt worden. Dieselben aber einzeln genauer durchzugehen, ist hier nicht angebracht, es kommt uns nur auf diejenigen Richtungen an, welche jetzt in den Schulen Deutschlands die herrschenden sind. Auch ist es nicht meine Absicht, über die Behandlungsweise der Formenlehre zu sprechen, dies ist von mir bereits an einem andern Orte geschehen, sondern in aller Kürze zu zeigen, welchen Weg wir in der praktischen Behandlung der lateinischen Syntax einzuschlagen haben und wie wir hier am besten zum Ziele gelangen.

Bekanntlich sind jetzt im Grossen und Ganzen zwei Methoden vorherrschend, die sogenannte alte, deren Hauptvertreter Zumpt ist, und die neuere, die rationelle, die von K. F. Becker herrührt. Zumpt geht in seiner Syntax den Gebrauch der Wortformen, zuerst die Casus der Nomina, dann die Formen des Verbums der Reihe nach durch, ohne dass ein Unterschied zwischen dem einfachen und zusammengesetzten Satze weiter in Betracht gezogen wird. In dem ersten Capitel spricht er wohl über einige Satztheile, wie Subject und Praedicat, weiterhin finden wir dieselben aber nur einzeln und zerstreut, dazu aber so kurz und so unvollständig erwähnt, dass es schwer wird, sich hieraus ein klares System von dem lateinischen Satzbau zu bilden. Dieser Weg, den Zumpt eingeschlagen hat, wird von den meisten neuern Grammatikern mehr oder weniger verfolgt, so dass sie im Allgemeinen nichts anderes sind, „als der alte Zumpt in etwas erneuertem Gewande.“ — Die neuere Methode sieht die Sprache als ein organisches Erzeugniss der menschlichen Natur an und macht die rationelle Satzlehre zum Fundamente des ganzen Unterrichts. Hiernach soll der Schüler die Sprache nicht allein er-

lernen, sondern auch allmählich lernen, dieselbe zu *verstehen*. Diese Methode, die K. F. Becker auf die deutsche Sprache angewandt hat, ist auch bei der lateinischen Sprache in Anwendung gebracht und bereits von einigen Gelehrten mit günstigem Erfolge benutzt worden.

Wer nur an die alte Methode gewöhnt ist, dem erscheint diese neuere als eine arge Revolution: die alten bekannten Regeln sind zerstückelt, die Casus aus einander gerissen und was er dort zu finden glaubt, muss er anderswo aufsuchen; aber wer sich nur die Mühe giebt, das *ganze* System kennen zu lernen und nicht nach einem herausgenommenen Theile das Ganze zu beurtheilen und womöglich gleich zu verurtheilen, wie es leider nur allzuoft geschieht, der wird bald finden, wie sich hier Alles entwickelt, wie man von der Betrachtung der einzelnen Satztheile ausgeht, dann weiter schreitet zur Satzverbindung, zum Satzgefüge, zu den verschiedenen Arten von Nebensätzen und wie dann zuletzt der Bau der Periode klar und durchsichtig vor Augen steht. „Der Bau der Periode, sagt Gossrau, gilt mit Recht als die höchste Vollendung, das letzte Ziel für den Lateinschreiber. Je mehr ihn Jemand versteht, um so höher steht er als Stilist. Eine vollendete Periode setzt aber auch durchgebildetes lateinisches Denken voraus, diese nothwendigste Forderung alles Lateinschreibens.“ Was ist nun aber eine Periode anders, als das wohlgegliederte Ganze der dem Gedanken nach zusammengehörenden Nebensätze? Und um das Ganze genau zu verstehen, ist es da nicht unbedingt nothwendig, auch ein richtiges Verständniss von den einzelnen Theilen desselben zu haben? Wohl jeder, der unbefangen hierüber urtheilt, wird zugeben müssen, dass dies Verständniss weit leichter nach der neuern Methode als nach der alten zu erlangen ist.

Aber zugegeben auch, die lateinische Sprache würde nicht gelehrt, um nur ausgezeichnete Stilisten zu bilden, — wenn gleich dies immer noch eine Zierde der Gelehrsamkeit ist — auch nicht, um die hinterlassenen Schriften der Römer lesen und verstehen zu können, was ja viele auch durch Uebersetzungen erreichen zu können vermeinen, so muss doch jeder zugeben, — und dies ist wohl bisher ernstlich noch nicht bestritten worden — dass vor Allem an der lateinischen Sprache das Denken geübt wird. Denn an ihr lassen sich die Sprachregeln klarer und bestimmter entwickeln als an irgend einer andern, sie ist daher auch ganz besonders bestimmt, zur Entwickelung richtiger grammatischer und philosophischer Denkweise überhaupt zu führen. Wenn dies aber schon die alte Methode so gut gethan hat, um wieviel mehr muss nicht erst die genetische, rationelle Behandlungsweise dazu im Stande sein!

Viele werden freilich mit mir einverstanden sein, aber erwidern, dass man zwar nach der genetischen Methode tiefer in den Geist der Sprache eindringe, dass aber auch der Gegenstand dadurch erschwert würde und dass die Schüler nicht im Stande seien, alle gestellten Forderungen genau und pünktlich zu erfüllen. Diese Befürchtung hege ich nicht, wenn man nur den richtigen Weg hierbei einschlägt und den der lateinischen Grammatik zunächst liegenden Gegenstand mit in ihr Bereich zieht. Und dies kann kein anderer Gegenstand sein als die *deutsche* Grammatik.

Nach der gewöhnlichen Ansicht hat der deutsche Unterricht den philologischen, für uns hier den lateinischen, durch alle Klassen auszunutzen, ich sage vielmehr, der deutsche Unterricht hat in allen Klassen dem lateinischen *vorzuarbeiten*. Die deutsche Grammatik muss die Grundlage werden für die Grammatiken aller fremden Sprachen. „Durch den Unterricht in der Muttersprache muss der Schüler die Anschauungen von den *allen Sprachen gemeinsamen* oder menschlichen Grundlagen erwerben; durch den Unterricht in den fremden die Anschauung von den *Verschiedenheiten* der Sprachen.“ Auf der Direktoren-Conferenz zu Posen (Juni 1867), wo über den lateinischen Unterricht discutiert wurde, setzte der Referent Direktor Dr. Deinhardt seine Ansicht in folgenden Worten auseinander: „Das Studium jeder fremden Sprache und so auch der lateinischen beruht auf einer Vergleichung derselben mit der Muttersprache, also das Studium der lateinischen Grammatik auf einer Vergleichung derselben mit der deutschen Grammatik, mit ihren Formen, ihren Regeln und ihren Eigenthümlichkeiten.

Wie soll aber eine solche Zusammenhaltung und Vergleichung beider Sprachen nach ihren Unterschieden und Uebereinstimmungen möglich sein, wenn die Schüler nicht eine gründliche Kenntniss der deutschen Grammatik und Sprache überhaupt haben. [1]

Die Erwerbung der deutschen Sprache und Grammatik muss immer einen Schritt der zu erwerbenden Kenntniss der lateinischen Sprache und Grammatik voraus sein, sonst fehlt die Basis der Vergleichung und das Erlernen des Lateinischen wird dann zu einer *dogmatischen Abrichtung, worin es denn auch in der Regel besteht.*

Soll der lateinische Unterricht bildend sein, so muss er auf einer entsprechenden gründlichen Kenntniss der deutschen Sprache beruhen, und der deutsche Unterricht muss immer dem lateinischen vorarbeiten, damit das Gefühl und die Erkenntniss des Unterschiedes und der Uebereinstimmung beider und damit eine reine Auffassung der grammatischen Verhältnisse erweckt werde.

Was die Schüler an Kenntniss der deutschen Sprache aus der Vorschule [2] oder aus andern Anstalten mit nach Sexta bringen, ist zu unbedeutend, als dass es irgendwie genügen könnte, indem es in der Fertigkeit mechanisch und mit einiger Beachtung des Sinnes zu lesen, und in der Fertigkeit besteht, etwas Dictirtes orthographisch nachzuschreiben.

Aus diesem Grunde muss in den deutschen Stunden des Gymnasiums sorgfältig fortgebaut werden, *wenn der lateinische Unterricht gedeihen und nicht zu einem trockenen Gedächtnisswerk ausarten soll.* Dazu gehören nicht blos fortgesetzte Uebungen im mechanischen und logischen Lesen und im mündlichen sowie im schriftlichen Erzählen des Gelesenen; auch nicht blos die Befestigung in der Orthographie und von Quinta auf auch kleine Uebungen in der stilistischen Darstellung, sondern auch die tüchtige Betreibung der deutschen Grammatik, in dem die Eigenthümlichkeiten derselben den Schülern theoretisch und praktisch zum Bewusstsein gebracht werden. Ich halte es für nothwendig, dass in den untersten Klassen sogar noch deutsch declinirt und conjugirt wird, dass aber weiterhin die deutschen Satzverhältnisse theoretisch betrachtet und

---

[1] Sehr richtig sagt Hiecke (über den deutschen Unterricht auf deutschen Gymnasien p. 202.) „Was aber das Wichtigste ist, wenn man sich mit Recht von der Erlernung des Lateinischen u. s. w. eine bedeutende Hülfe für die klare Einsicht in die Muttersprache verspricht, warum nicht auch umgekehrt? Warum sollen wir nicht, so wie praktisch die Kenntniss derselben vorausgeht, so auch theoretisch die Erkenntniss der wesentlichsten grammatischen Begriffe an den Erscheinungen der Muttersprache der weitern Ausdehnung dieser Erkenntniss an den fremden vorausgehen lassen? Und ist denn überhaupt ein anderer Gang nur möglich? In der That hat man es an dieser theoretischen Vorbereitung der Erlernung fremder Sprachen in der Schule auch nie ganz fehlen lassen, wenn man auch darin nicht weit genug ging, und nicht scharf und genau genug verfuhr. Der Unterschied der Redetheile, der Unterschied von Subject, Praedicat, Copula und ähnliche Grundbestimmungen sind stets den Schülern an der Muttersprache klar gemacht und eingeübt worden. Auch ist es gar nicht anders möglich; denn wenn auch zum ersten Mal in seinem Leben der Schüler an dem beliebten terra est rotunda etwas von Subject, Praedicat und Copula erfährt, so kann er diese Belehrung doch erst verstehen, wenn er die Bedeutung des fremden Satzes in seiner Sprache kennt."

[2] Hiermit ist nicht die hiesige Vorschule zu verwechseln.

praktisch eingeübt und über deutsche Wortbildung und Wortstellung, sowie auch über die lexicalischen Verhältnisse die nöthige Auskunft gegeben wird.

Die Kenntniss der deutschen Sprache ist schon an sich für jeden gebildeten Deutschen nothwendig, und es ist eine Schmach, wie erbärmlich es in dieser Beziehung um viele Gebildete unserer Nation steht; sie ist aber auch, um auf unser Thema zurückzukommen, um des Lateinischen willen nothwendig, weil ohne diese keine gründliche Vergleichung möglich ist."

Wo die systematische Behandlungsweise der deutschen Grammatik eintreten soll, sagt Dr. Deinhardt nicht. Jedenfalls ist es nicht wünschenswerth, wenn bereits in Sexta und Quinta die deutsche Grammatik theoretisch durchgenommen wird; es könnte leicht dahin führen, dass „durch verfrühte Reflexion und Abstration das unbewusst sich entfaltende Sprachgefühl in den jugendlichen Gemüthern verkümmert würde." Für besser halt ich es, wenn in Sexta und Quinta der einfache Satz an deutschen Lesestücken eingeübt wird und zwar so, dass die schon vorhandene Kenntniss bei den Knaben zu einer Erkenntniss erhoben wird, und wenn dann die systematische Behandlungsweise der deutschen Grammatik zugleich mit der lateinischen in Quarta eintritt, wo die Knaben bereits reifer sind und ihr Sprachgefühl schon mehr geweckt ist.

Suchen wir nun den oben aufgestellten Satz, die deutsche Grammatik soll der lateinischen vorarbeiten, für die Schule zu verwerthen und nach unserem System den lateinischen und deutschen grammatischen Stoff auf die einzelnen Klassen zu vertheilen, so würde sich folgender Lehrplan ergeben.

In *Sexta* wird vor allen Dingen die deutsche Formenlehre repetiert und das Einfachste von den fünf Satztheilen an Lesestücken eingeübt, darauf dieselben in *Quinta* durch ausführlichere Behandlung ergänzt, so dass der Schüler bei seiner Versetzung nach Quarta ein klares Verständniss von dem einfachen Satze hat und überall Rede und Antwort stehen kann. — Im Lateinischen bleibt für Sexta und Quinta das bisherige Pensum, d. h. regelmässige und unregelmässige Formenlehre, ausserdem die einfachsten syntaktischen Regeln, wie sie zum Lesen einfacher Fabeln und Lesestücke nöthig sind.

In *Quarta* kann bereits der deutsche zusammengesetzte Satz systematisch eingeübt werden, da auch im Lateinischen der einfache Satz systematisch durchgenommen wird, so ungefähr, wie ich denselben in dem Folgenden geben werde. Der Vorwurf, den Gossrau diesem Systeme macht, dass nur ein Wissender ein so angelegtes System begreifen könne, fällt hier als nichtig fort, weil ja der Schüler bereits von Quinta her aus dem deutschen Unterrichte dasselbe kennt. Nun bietet aber diese Behandlungsweise entschieden den Vortheil, dass hier auf schon Bekanntem weiter gebaut wird und dass hier wirklich ein Vergleich mit der Muttersprache eintreten kann, während derselbe nach der andern Methode vollständig von dem Gange der betreffenden Grammatik abhängt und daher nur zerstückelt und abgerissen ist. Jeder sieht daher leicht ein, dass die Erlernung der lateinischen Satzlehre nach dieser Behandlunsweise leichter und die Erkenntniss des Lateinischen sowohl als des Deutschen tiefer und sicherer werden muss.

In *Tertia* wird das lateinische Pensum der Quarta repetiert, einzelne Theile, wie tempora und modi noch genauer ergänzt und dann der zusammengesetzte Satz durchgenommen. — Im Deutschen wird nach der Repetition der ganzen Satzlehre das Allgemeinste von der deutschen Periode eingeübt.

Mit der Tertia muss im Grossen und Ganzen die lateinische Syntax absolviert sein; sehen wir aber, wie wir es oben gethan haben, die Periode als Abschluss der ganzen Syntax an, so gehört dieselbe unbedingt nach Secunda. Dass natürlich in den beiden obern Klassen gelegentlich und nach Bedürfniss Repetitionen aus allen Theilen der Grammatik eintreten und an den Klassikern sowohl wie an den Uebungsstücken und Extemporalien bald die eine bald die andere Regel genauer entwickelt werden muss, brauche ich wohl nicht weiter zu erwähnen.

Als Probe, wie ich mir eine lateinische Syntax vorstelle, lasse ich den einfachen Satz folgen.

Es ist nicht meine Absicht, Vollständigkeit erzielen zu wollen, das Folgende soll weiter nichts sein als eine etwas ausgeführte Skizze. Allgemeine Regeln habe ich, wenn sie in mein System passten, aufgenommen, ohne den Namen des Autors zu nennen oder auch zuweilen nennen zu können, da manche Regeln bereits Gemeingut geworden sind. Auch halte ich es nicht für nöthig, alle Bücher, die ich benutzt habe, aufzuzählen, von den neusten werde ich, wie ich glaube, die meisten gelesen haben. Doch wird ein jeder finden, der meine Satzlehre mit Grammatiken vergleicht, in denen ebenfalls die rationelle Methode zu Grunde gelegt ist, dass ich ganz meinen eigenen Weg gegangen bin.

Einleitung.

1) Ein Satz ist ein in Worten ausgedrückter Gedanke. 1.

2) Die nothwendigsten Bestandtheile eines Satzes sind *Subject* und *Praedicat*. 2. Subject ist der Satztheil, von dem etwas ausgesagt wird, Praedicat der, welcher von dem Subjecte etwas aussagt.

3) Ein Satz heisst a) *nackt*, der nur aus Subject und Praedicat besteht, b) *bekleidet*, 3. in welchem zu einem der nothwendigen Satztheile noch ein bestimmender Zusatz tritt.

4) Der bestimmende Zusatz kann sein: a) *Attribut*, b) *Object*, c) *adverbielle Bestimmung*. 4.

A. Nackter Satz.

Cap. I. Subject.

1) Das Subject steht auf die Frage wer? oder was? immer im Nominativ und ist 5. gewöhnlich ein Substantiv oder ein als Substantiv gebrauchtes Wort.

2) Das *Adjectiv* kann im Lateinischen als Subject gebraucht werden: 6.

a) im Neutrum des Singular und Plural und im Masculinum des Plural, z. B. bonum, bona = das Gute, boni = die Guten.

Anm. 1) Das Neutrum wird oft durch res umschrieben, z, B. bonum = res bona, bona = res bonae.

2) Zu dem Masculinum des Singular und dem Femininum des Singular und Plural wird gewöhnlich ein Substantiv gesetzt, z. B. vir dives.

b) Wird ein Adjectiv im Sprachgebrauche als Substantiv angesehen, so fehlt der Zusatz eines solchen, z. B. amicus, inimicus, aequalis u. a. m.

3) Das *Pronomen* der ersten und zweiten Person (ego, tu, nos, vos) wird nur ge- 7. setzt, wenn es nachdrücklich hervorgehoben werden soll, sonst wird es ausgelassen und liegt in dem Verbum, an dessen Endung es erkannt wird.

8.   4) Immer liegt das Subject in dem *Verbum impersonale*, welches eine Natur-erscheinung ausdrückt, wie pluit, ningit, tonat, grandinat und in der 3 Pers. Sing. Pass. der Verba *intransitiva*, wie z. B. curritur = man läuft, itum est, ventum est.

   Anm. Das deutsche „man“, das nur als Subject erscheint, wird lateinisch ausgedrückt: a) durch das ganze Passiv, b) durch die 1 Pers. Plur., wenn der Sprechende sich mit einrechnet, c) durch die 3 Pers. Plur., wenn homines zu ergänzen ist. d) Ueber die andern Fälle vgl. § 35, b. und 51, a.

9.   5) Das Subject kann auch ein *Infinitiv* sein, z. B. et monere et moneri proprium est verae amicitiae.

Cap. II. Praedicat.

1) Arten des Praedicats.

10.   1) Das Praedicat kann entweder ein *verbales* oder ein *nominales* sein.

11.   2) Das *verbale* Praedicat ist ein Verbum (verbum finitum) und zwar ein transitives, von dem Activ[1] und Passiv gebildet werden kann, und ein intransitives, von dem nur das Activ und die 3 Pers. Singul. im Pass. vorkommt.

   Anm. 1) Als ein verbum subiectivum ist auch *esse* anzusehen in der Bedeutung sich verhalten, sich befinden, geschehen, vor sich gehen. In diesem Falle kann auch ein Adverbium oder ein Substantiv mit einer Praeposition zu esse treten, so besonders die localen Adverbien: prope, proxime, procul, longe, obviam, oder die nicht localen, wie clam, palam, satis, adfatim und die quali-tativen, wie aliter, secus, item, sic, perinde, proinde, bene, male, recte u. a. m.

   2) Das Praedicat kann auch wie im Deutschen durch ein *Hülfsverbum* (ver-bum auxiliare) in Verbindung mit einem Infinitiv ausgedrückt werden, z. B. posse, debere, velle, nolle, malle, cupere, studere, coepisse, incipere, audere, conari, solere, consuescere, desinere, desistere u. a. m. -

12.   3) Das *nominale* Praedicat ist ein mit einem Nomen (Substantiv, Adjectiv, Par-ticipium, Zahlwort, Pronomen) verbundenes Verbum. Das *Praedicatsnomen* steht im *Nominativ*.

13.   4) Das Verbum, welches das Praedicatsnomen mit dem Subjecte verbindet, heisst *Copula* (verbum copulativum). Solche Verba sind a) esse, b) fieri, evadere, existere, manere, videri, c) nominari, vocari, dici, appellari, designari, eligi, creari, iudicari, putari, existi-mari, haberi u. a. m.

   Anm. 1) Die Copula est, sunt kann ausgelassen werden in Sprüchwörtern, in effectvollen, kurzen Sätzen, in Schilderungen von Personen und Zuständen u. s. w.

   2) Bei videri und dici muss im Lateinischen immer dieselbe Construction eintreten, d. h. Nominativ. cum Infinitiv., mag ich auch im Deutschen übersetzen: es scheint dass, als ob, als wenn oder ich scheine zu sein etc.

14.   5) Im Lateinischen steht das *Praedicatsnomen* im *Genitiv* in folgenden Fällen: a) bei esse in der Bedeutung „Eigenthum sein,“ z. B. Gallia est Ariovisti; und bei fieri „Eigenthum werden,“ z. B. Asia facta est Romanorum.

---

[1] Anm. Jedes active Verbum drückt eine innere Thätigkeit aus, bleibt diese bei dem thä-tigen Wesen (Subject) ruhig stehen, so heisst das Verbum ein subiectivum, wendet sich dieselbe auf einen Gegenstand (Object), so heisst das Verbum ein obiectivum. Regiert das verbum obiec-tivum einen Accusativ, so wird es verbum transitivum genannt. In dem Folgenden bezeichnen wir mit den verbis obiectivis diejenigen, welche den Genitiv oder Dativ bei sich haben. Die verba subiectiva und objectiva nennt man auch verba intransitiva.

b) bei esse in der Bedeutung „es ist die Sache, Pflicht, Geschäft Jemandes", wo dann gewöhnlich ein Infinitiv Subject ist, z. B. adulescentis est maiores natu vereri.

Anm. „Es ist meine, deine etc. Pflicht" wird durch das Neutrum Singul. des Pronom. possess. ausgedrückt.

c) esse verbunden mit dem Genitiv substantivisch gebrauchter Neutra von Adjectiven heisst „gelten, werth sein." Solche Genitive sind: magni, pluris, plurimi, tanti, quanti, nihili, parvi, minoris, minimi u. a. m.

d) esse mit dem Genitiv eines mit einem Adjectiv oder mit einem Zahlworte verbundenen Substantivs (Genit. qualitatis, vgl. § 73) heisst „besitzen, haben", z. B. virtus tantarum virium est, ut se ipsa tueatur.

6) Bei esse kann das Praedicatsnomen auch im Ablativ (qualitatis, vgl. § 82) stehen 15. statt des Genitivs qualitatis, z. B. bono animo esse = gutes Muthes sein.

Anm. Bei esse steht, wenn auch nur bei Dichtern, ein Ablativ, um den Stoff zu bezeichnen, woraus etwas ist, z. B. auro Solis erat currus — der Wagen der Sonne war von Gold.

2) Congruenz des Praedicats mit seinem Subjecte.[1]

1) Das *verbale Praedicat* und die Copula stimmt wie im Deutschen mit seinem 16. Subjecte in dem Numerus und in der Person überein.

Anm. Ist das Subject ein Collectivum, so steht das Praedicat zuweilen im Plural, z. B. atria turba tenent, veniunt leve vulgus euntque.

2) Das *adjectivische* Praedicat stimmt mit seinem Subjecte im Genus, Numerus 17. und Casus überein, im Deutschen bleibt es unflectirt.

Anm. 1) Ist das Subject ein Collectivum, so kann sich das Praedicat nach dem natürlichen Geschlechte der darunter verstandenen Gegenstände richten, besonders ist dies bei milia der Fall, z. B. duo milia hominum interfecti sunt.

2) Ist das Subject ein Infinitiv, so steht das adjectivische Praedicat im Neutrum.

3) Ist das Praedicatsnomen ein Superlativ mit einem abhängigen Genitiv (partitivus), so richtet sich dasselbe entweder nach dem Genus des Subjects (1) oder auch nach dem Genus des abhängigen Genitivs (2), besonders wenn das Subject ein nomen abstractum ist (3), z. B. Indus est omnium fluminum maximus (1). — velocissimum omnium animalium est delphinus (2). — servitus postremum malorum omnium est (3).

3) Das *substantivische* Praedicat stimmt mit seinem Subjecte nur im Casus überein. 18.

Anm. 1) Ist das Praedicatssubstantiv ein substantivum mobile, so richtet es sich auch im Genus nach seinem Subjecte, z. B. aquila est regina avium.

2) Ist das Subject ein Neutrum und das Praedicatssubstantiv ein substantivum mobile, so steht wie im Deutschen das Praedicat im Masculinum, z. B. tempus est vitae magister. — *das* Gewissen ist *der* beste Richter.

4) Ist das Subject ein Pronom. demonstr., interrogat. oder relativ. und das Prae- 19. dicat ein Substantiv, so muss das Subject mit seinem Praedicatsnomen auch im Genus übereinstimmen (congruentia inversa). Im Deutschen steht das Subject gewöhnlich im Neutrum und das Verbum „sein" congruirt mit seinem Praedicate, z. B. das sind bedeutende Männer. — ea est vera amicitia.

Anm. Das Neutrum des Pronom. steht im Lateinischen, wenn der Begriff des Praedicatssubstantivs bezeichnet werden soll.

---

[1] Ich habe hier nur von der Congruenz des nackten Satzes zu sprechen, da die Sätze, in welchen mehrere Subjecte sind, als Unterabtheilung dem zusammengesetzten Satze angehören.

3) Tempora des Praedicats.

20.　　1) Die Zeitformen (tempora) bezeichnen die Zeit, in welche nach dem Urtheil des Sprechenden die Aussage fällt.

21.　　2) Bei den temporibus unterscheidet man:

　　a) Zeitstufe: 1) Gegenwart, 2) Vergangenheit, 3) Zukunft.

　　b) Zeitart: 1) dauernd, 2) vollendet.

Hieraus ergiebt sich folgende Tabelle:

	Gegenwart.	Vergangenheit.	Zukunft.
Dauernd.	Praesens.	Imperfect.	Futurum I.
Vollendet.	Perfect. (logic.)	Plusqu_perfect.	Futurum II (exact.)

22.　　3) Im Allgemeinen stimmen die Zeiten des Verbums im Lateinischen und Deutschen überein. Zu bemerken ist nur folgendes.

23.　　4) Wie im Deutschen, so dient auch im Lateinischen das *Praesens* zur Erzählung vergangener Handlungen (*Praesens histor.*), um die Erzählung dadurch zu beleben und die Handlungen der Vergangenheit, als ob sie gegenwärtig statt fänden, gleichsam vor die Augen zu führen.

24.　　5) Bei dem Perfectum unterscheidet der Lateiner das Perfect. praesens (logicum) und Perfect. historicum.

　　a) Das *Perfect. praesens* (logicum) ist gleich dem deutschen Perfect und deutet an, dass etwas geschehen ist, aber nicht mehr existiert, oder dass etwas geschehen ist, aber in seinen Wirkungen noch fortdauert.

　　Anm. Das deutsche Perfect wird im Lateinischen immer durch das Perfect (praesens) übersetzt.

　　b) Das *Perfect. historicum* erzählt vergangene Handlungen ohne alle Beziehung auf die Zeit des Sprechenden. Es wird in Erzählungen gebraucht, wie im Deutschen das Imperfectum.

　　Anm. Als Conjunctiv des Perfect. histor. kann man im Lateinischen den Conjunctiv des Imperfects ansehen.

25　　6) Der *Indicativ des Imperfects* wird zur Bezeichnung von Sitten, Gebräuchen, Gewohnheiten, Einrichtungen, zu Beschreibungen und Schilderungen gebraucht und stets durch das deutsche Imperfect übersetzt oder durch das Hülfsverbum „pflegen" umschrieben.

　　Anm. Im Briefstil werden im Lateinischen die vollendeten Zeiten (Imperfect und Plusquuperfect) oft so gebraucht, dass sich der Schreibende in die Zeit versetzt, in welcher der Brief von dem Empfänger gelesen wird.

26　　7) Bei dem Gebrauch der *Futura* ist der Lateiner genauer als der Deutsche. Wir gebrauchen häufig das Praesens, wo der Lateiner das Futurum oder Futurum exactum, und das Perfectum, wo er das Futurum exactum setzt.

　　Anm. Ueber die 2. Pers. Futuri in Heischesätzen vgl. § 52.

27.　　8) Zur Bezeichnung einer Handlung, die man Willens, im Begriff ist zu thun, dient die coniugatio periphrastica im Activ, um die Nothwendigkeit zu bezeichnen, die coniugatio periphrastica im Passiv.

4) Modi des Praedicats.

28.　　1) Um das Verhältniss zu bezeichnen, in welchem der im Satze ausgesprochene Gedanke zur Wirklichkeit steht, dienen die *Modi*.

2) Im Lateinischen wie im Deutschen giebt es 3 Modi: Indicativ, Conjunctiv **29.** und Imperativ.

a) Der *Indicativ* bezeichnet den Inhalt eines Satzes als wirklich und thatsächlich.

b) Der *Conjunctiv* bezeichnet das Praedicat als ein blos gedachtes im Gegensatz zur Wirklichkeit.

Anm: Im Deutschen gebrauchen wir die Hülfsverba können, mögen, dürfen u. s. w.

c) Der *Imperativ* ist der Modus des Befehls oder der Bitte.

3) Die Modi richten sich nach den Satzarten, deren es im Ganzen vier giebt: **30.** *Behauptungssatz* (§ 31), *Fragesatz* (§ 36), *Wunschsatz* (§ 43), *Heischesatz* (§ 47), die theils bejahend (affirmativ), theils verneinend (negativ) gebraucht werden können.

a) *Behauptungssatz.*

1) Der Behauptungssatz (Urtheilssatz, Aussagesatz) drückt eine Behauptung **31.** (Urtheil, Aussage) des Sprechenden aus. Negation non.

2) In dem gewöhnlichen *Behauptungssatze* steht im Lateinischen und Deutschen **32.** der *Indicativ.*

3) Abweichend vom Deutschen, wo der Conjunctiv steht, wird im Lateinischen **33.** der Indicativ gesetzt

a) bei den Hülfsverben sollen, müssen, können, erlaubt sein (debere, oportet, necesse est, decet, licet, posse), wenn eine Wirklichkeit und keine Bedingung ausgedrückt wird. Statt des deutschen Conj. Imperf. wird im Lateinischen der Indicat. Praes. und statt des deutschen Conj. Plusquperf. im Lateinischen der Indicat. des Imperf., Perfect. oder Plusquperf. gesetzt.

> Anm. Doch ist hier auch der conditionale Conjunctiv wie im Deutschen nicht ausgeschlossen.

b) Ebenso steht der Indicat. des Hülfsverbums esse in Verbindung mit den Adjectiven par, aequum, iustum, fas, nefas, longum, multum etc. und mit den Participien auf —ndus.

c) Bei paene und prope steht der Indicat. Perfect.

4) In *Ausrufsätzen*, d. h. solchen, in denen die Behauptung recht lebhaft durch **34.** den Ton ausgedrückt wird, steht der Indicativ, z. B. o audaciam immanem! tu etiam ingredi illam domum ausus es!

> Anm. Sehr leicht kann der Ausrufsatz auch als Fragesatz aufgefasst werden. Vgl. § 42 Anm.

5) Bei gemilderten Aussagen und Behauptungen steht der *Conjunctiv* (potentialis), **35.** der sich wenig von dem Indicat. des Praesens oder des Futurums unterscheidet. Im Deutschen gebraucht man die Hülfsverba ich möchte, ich könnte, ich dürfte.

a) Der Conjunctiv des Praesens oder des Perfects wird fast ganz gleich gebraucht (potentialis der Gegenwart), z. B. dicat oder dixerit quispiam. — Non facile dixerim.

b) Von dem Conjunctiv des Imperfects (potentialis der Vergangenheit) wird gewöhnlich nur die 2. Pers. Sing., welche das deutsche „man" vertritt, bei den Verben dicere, credere, putare, existimare, videre, cernere etc. gebraucht, z. B. man hätte glauben sollen = putares, crederes, existimares.

·Anm. Ueber den Conjunctiv potentialis in Fragesätzen vgl. § 37, b,

b) *Fragesatz.*

1) Der Fragesatz drückt eine Frage des Sprechenden aus und wird im Deutschen **36.** entweder durch Versetzung des Verbums oder sehr häufig durch Betonung desjenigen Wortes, auf welches es ankommt, gebildet oder mit Fragewörtern eingeleitet.

37. 2) Im Lateinischen und Deutschen steht der *Indicativ*, der *Conjunctiv* aber

a) bei dem Ausdrucke des Zweifelns, wenn man fragt, was geschehen soll? (Coniunctiv. dubitativus), und zwar Conjunctiv Praes. für unser *soll*, z. B. quid faciam? und Conjunctiv Imperf. für unser *hätte sollen*, z. B. quid facerem?

b) wenn bei der Auflösung des Fragesatzes in einen Behauptungssatz der Conjunctiv stehen würde, vgl. § 35.

38. 3) Die Frage zerfällt in *Verbalfrage* und *Ergänzungsfrage*.

39. 4) Die *Verbalfrage* stellt im Deutschen das Verbum an die Spitze des Satzes und verlangt eine bestimmte oder unbestimmte Antwort, ja oder nein, wobei das Verbum der Frage zu ergänzen ist.

40. 5) Die Verbalfrage ist im Lateinischen oft nur an der Betonung als Fragesatz kenntlich. Gewöhnlich aber gebraucht man die Fragewörter — ne, num, nonne, an.

a) — ne, die allgemeinste Fragepartikel, giebt dem Satze blos die fragende Form, wenn der Fragende nicht andeuten will oder kann, ob er ja oder nein erwartet.

Anm. 1) — ne steht für nonne in den Fragen: videsne, videmusne, videtisne.

2) Gewöhnlich wird — ne an das Wort gehängt, welches besonders betont ist.

b) num (verstärkt numne), etwa? doch wohl? steht, wenn der Fragende andeutet, dass er *nein* erwartet.

c) nonne wird gesetzt, wenn die Antwort *ja* erwartet wird.

d) Die einfachen Verbalfragen mit an (oder? oder etwa?) sind aus der Doppelfrage[1] enstanden, indem das erste Glied derselben zu ergänzen ist.

Anm. 1) Die Antwort *ja* wird lateinisch ausgedrückt a) durch ita, ita est, certe, sane etc. b) durch Wiederholung des Wortes, worauf die Frage gerichtet ist.

2) Die Antwort *nein* wird ausgedrückt a) durch minime, minime vero, b) durch non mit Wiederholung des in der Frage betonten Wortes.

41. 6) *Ergänzungsfragen* sind solche, welche nicht *ja* oder *nein*, sondern einen Theil des Satzes als Antwort verlangen, damit der in der Frage noch fehlende Theil des Gedankens ergänzt werden soll. Solche Fragen beginnen stets mit einem Fragepronomen.

42. 7) Die Ergänzungsfrage lässt sich in *Substantiv-, Adjectiv-* und *Adverbialfrage* eintheilen.

a) Die Substantivfrage wird mit substantivisch gebrauchten Fragepronom. eingeleitet, wie quis? quid? quisnam? uter?

b) die Adjectivfrage mit adjectivisch gebrauchten Fragepronom., wie qui, quae, quod, uter (auch substant.), qualis, quantus, quotus, quot.

c) die Adverbialfrage mit adverbialen Fragewörtern, wie ubi, unde, quo, quando, quotiens, quin u. s. w.

Anm. Sehr oft kann die Ergänzungsfrage durch eine leichte Veränderung der Betonung zu einem Ausrufsatze werden. Vgl. § 34 Anm.

c) Wunschsatz.

43. 1) Der Wunschsatz drückt einen Wunsch des Sprechenden aus, z. B. wäre der Schüler doch fleissig!

44. 2) Im Lateinischen und Deutschen steht in Wunschsätzen der *Conjunctiv* (optativus). Sehr oft wird derselbe mit utinam (o wenn doch) und utinam ne oder ne (o wenn doch nicht) eingeleitet.

---

[1] Die Doppelfrage ist ein Theil des zusammengezogenen Satzes.

3) In dem einfachen Wunschsatze steht: 45.

a) der Conjunctiv des Praesens oder Perfects, wenn die Erfüllung des Wunsches als möglich gedacht werden soll.

Anm. 1) Zu dem Conjunctiv des Praes. und des Perfects kann auch velim gesetzt werden.

2) 1. Pers. Singul. Praes. steht bei Versicherungen, Betheurungen und Schwüren, z. B. ita vivam = so wahr ich lebe, moriar = ich will sterben, ne sim salvus = ich will nicht gesund sein.

b) Der Conjunctiv des Imperfects oder des Plusquperf. steht bei Wünschen, deren Erfüllung als nicht möglich gedacht werden soll.

Anm. Zu dem Conjunctiv des Imperf. oder des Plusquperf. kann auch vellem gesetzt werden.

4) Ein Wunsch kann auch in die Bedeutung des Einräumens oder des Zugestehens 46. übergehen. In diesem Falle steht der Conjunctiv des Praes. und Perfects (Coniunctivus concessivus) mit und ohne Conjunction ut, licet. Negation ne. '

d) Heischesatz.

1) Die Heischesätze drücken einen Befehl, Ermahnung, Aufforderung, Bitte aus. 47. Der Heischesatz ist oft nur an der Betonung kenntlich. Negation ne.

2) Im Lateinischen und Deutschen steht der *Imperativ, Conjunctiv* und auch der *Indicativ*. 48.

3) Der *Imperativ* wird im Lateinischen eingetheilt: 49.

a) Imperat. Praes. oder Jussiv. Dieser drückt aus, dass etwas sogleich oder noch später eintreten soll.

b) Imperat. Futur. Dieser drückt aus, dass etwas in der Folge, sobald etwas anderes statt gefunden hat, geschehen soll, daher wird er auch in Gesetzen, Verträgen, Testamenten gebraucht.

4) Umschrieben wird der positive Imperativ a) durch cura, curato ut, b) fac ut, 50. c) fac mit dem Conjunctiv; der verbietende Imperativ a) durch cave ne oder cave mit dem Conjunctiv des Praes. oder Perfects, b) durch fac ne, c) durch noli mit dem Infinitiv.

5) Der *Conjunctiv* wird in Heischesätzen in folgenden Fällen gebraucht: 51.

a) 2. Pers. Sing. Praes. gewöhnlich, wo dieselbe ein unbestimmtes Subject „man“ bezeichnet. (Coniunctivus imperativus).

b) 3. Pers. Sing. Praes. positiv und negativ, ausgenommen in der Sprache der Gesetze.

c) 1. Pers. Plur. Praes. in Aufforderungen, z. B. eamus.

d) 2. Pers. Singul. Perfecti im negativen Sinne, z. B. ne dixeris.

e) Conj. des Imperf. und Plusquperf. in Vorschriften, die sich auf die Vergangenheit beziehen, wo etwas hätte geschen sollen oder müssen.

6) Der *Indicativ* wird in Heischesätzen nur in der 2. Pers. des Futurums angewandt. 52. Negation non. z. B. tu non cessabis et ea, quae habes instituta, perpolies nosque diliges.

' Der Coniunctivus concessivus kann auch als ein Theil des Heischesatzes angesehen werden.

B. Bekleideter Satz.

Cap. III. Attribut.

53. 1) Attribut ist die nähere Erklärung eines Substantiv oder eines substantivisch gebrauchten Wortes.

Anm. Das Attribut kann zu jedem substantivischen Satztheil gesetzt werden.

54. 2) Das Attribut zerfällt in ein beigeordnetes (§ 55) und ein untergeordnetes (§ 66) Attribut.

1) Beigeordnetes Attribut.

55. 1) Das beigeordnete Attribut steht immer mit dem Substantiv, zu welchem es gehört, im gleichen Casus.

56. 2) Das beigeordnete Attribut kann sein ein adjectivisches (§ 57) und ein substantivisches (§ 61) Attribut.

a) Das adjectivische Attribut.

57. 1) Das adjectivische Attribut ist im Lateinischen und Deutschen ein Adjectiv oder Participium, Pronomen oder Zahlwort.

58. 2) Das adjectivische Attribut richtet sich ausser im Casus auch im Genus und Numerus nach seinem Substantiv.

59. 3) Bezieht sich das adjectivische Attribut auf mehrere Substantiva, so stimmt es gewöhnlich im Geschlechte mit dem zunächst stehenden überein oder wird wiederholt, wenn das Geschlecht der Substantiva verschieden ist.

60. 4) Der Lateiner gebraucht häufig das adjectivische Attribut, wo wir im Deutschen ein Adverbium setzen; besonders ist dies der Fall bei *zuerst, später, zuletzt* (primus, princeps, prior, postremus), bei solus und unus. (Praedicats-Attribut).

b) Das substantivische Attribut der Apposition.

61. 1) Die Apposition muss mit ihrem Substantiv in demselben Casus stehen, Numerus und Genus kann verschieden sein.

62. 2) Im Deutschen muss die Apposition oft durch *als* übersetzt werden (Praedicats-Apposition), z. B. Cato senex historiam scripsit.

63. 3) Die Apposition, die sich auf mehrere Substantiva bezieht, steht im Plural.

64. 4) Wenn das substantivum appositum zwei genera hat, so stimmt es auch mit seinem Substantiv im Genus und Numerus überein, z. B. aquila, regina avium. — Athenae omnium doctrinarum inventrices.

65. 5) Das Praedicat richtet sich nach dem Subjecte, nicht nach der dazu gehörenden Apposition. Nur wenn Ortsnamen durch urbs, oppidum und civitas erklärt werden, so bezieht sich das Praedicat auf letztere.

2) Untergeordnetes Attribut.

66. Das untergeordnete Attribut steht mit seinem Substantiv nicht im gleichen Casus von gleicher Bedeutung, sondern ist entweder ein Genitiv (§ 67) oder Ablativ (§ 82) oder ein Casus mit einer Praeposition (§ 83).

a) Genitiv-Attribut.

67. 1) Sobald ein Genitiv von einem Substantiv oder einem substantivisch gebrauchten Worte abhängt, so nennt man ihn Genitiv-Attribut.

68. 2) Das Genitiv-Attribut drückt ein dreifaches Verhältniss aus, das subjective (§ 69), objective (§ 76) und praedicative (§ 79).

α) *Das subjective Verhältniss.*

1.) Das subjective Verhältniss ist anzunehmen, wenn der Genitiv bei der Auflö- 69. sung in einen ganzen Satz die Stelle des Subjects vertritt.

2) *Genitivus subiectivus* bezeichnet in der Auflösung das handelnde (active) Sub- 70. ject, wobei dann gewöhnlich das Beziehungswort in das verbale Praedicat oder in das Praedicats-Adjectiv verwandelt werden kann.

3) *Genitivus possessivus* bezeichnet die Person oder Sache, welcher etwas ange- 71. hört, wobei das Beziehungswort als Object zu einem Verbum wie *haben, besitzen,* aufzufassen ist.

4) *Genitivus auctoris* bezeichnet die Person oder Sache, von welcher etwas herkommt. 72.

> A n m. Selten wird der Stoff, woraus ein Gegenstand besteht, durch den Genitiv bezeichnet (Genit. materiae), z. B. montes auri polliceri. Statt dessen wird ein Adjectiv oder eine Praeposition gesetzt.

5) *Genitivus qualitatis.* Der Genitiv eines Substantivs mit einem Adjectiv oder 73. Zahlworte dient zur Bezeichnung einer Eigenschaft und wird im Deutschen durch *von* übersetzt.

> A n m. Ueber den Genitiv qualit. als Praedicat bei dem Hülfsverbum esse vgl. § 14, d.

6) *Genitivus quantitatis* steht bei den Wörtern, welche eine Quantität oder ein 74. Mass (auf die Frage wieviel?) ausdrücken. Im Deutschen bleibt das abhängige Nomen gewöhnlich unflectirt. Solche Wörter sind:

a) Substantive, wie medimnum, modius, as, copia, vis, multitudo etc.

b) Die Neutra singularia der Quantitätsadjectiva, aber nur im Nominativ und Accusativ, wie tantum, quantum, aliquantum, multum, plus etc.

c) Die Neutra der Pronom, wie hoc, idem, illud, id etc.

> A n m. Zu dem Neutr. eines Adject. und Pronom. kann auch der Genitiv eines Adject. im Neutrum gesetzt werden, aber nur von solchen nach der zweiten Declinat., nie von denen nach der dritten.

7) *Genitivus partitivus* bezeichnet das Ganze, von dem ein Theil genommen wird, 75. das Beziehungswort bezeichnet diesen Theil. Im Deutschen wird der Genit. partit. mit den Praeposit. *von* und *unter* umschrieben. Ein solcher Genitiv steht:

a) bei Comparativen und Superlativen von Adjectiven und Adverbien.

b) bei Zahlwörtern, mögen sie eigentliche Numeralia oder zählende Adjectiva sein, wie multi, pauci.

> A n m. Bei adjectivischen Wörtern können statt des Genit. auch die Praepositionen ex, de, in, inter stehen, nie ab.

c) bei den substantivischen oder substantivisch gebrauchten Pronom., wie quis, quisquam, ullus, nullus, alius, alter etc.

> A n m. Der Genitiv kann nur gesetzt werden, wenn der Gegensatz des Ganzen zu seinem Theile hervorgehoben wird, nicht wenn die Gesammtheit gemeint ist.

β) *Das objective Verhältniss.*

1) Das objective Verhältniss ist anzunehmen, wenn der Genitiv bei der Auflösung 76. in einen Satz die Stelle des nähern oder entferntern Objects vertritt.

2) Der *Genitivus obiectivus* wird gewöhnlich mit einer Praeposition übersetzt, z. B. 77. metus hostium = Furcht vor den Feinden d. h. aliquis metuit hostes.

> A n m. Statt des Genit. obiectivus können auch die Praepositionen in, erga und adversus gebraucht werden, vgl. § 85, a.

78. 3) Statt des Genit. obiect. der pronom. person. im Singular: mei, tui, sui kann auch das pronom. possessiv. als adjectivisches Attribut eintreten, z. B. invidia tui und invidia tua.

Anm. Von *einem* Worte kann zugleich ein Genit. obiect. und subiect. abhängen, z. B. veteres Helvetiorum iniuriae populi Romani.

γ) *Das praedicative Verhältniss.*

79. 1) Das praedicative Verhältniss ist anzunehmen, wenn bei der Auflösung in einen Satz der Genitiv Subject und das Beziehungswort Praedicatssubstantiv wird.

80. 2) Solche Genitive (Genit. der Identität, Genit. explicativus oder epexegeticus) sind z. B. virtus abstinentiae = die Tugend der Enthaltsamkeit d. h. die Enthaltsamkeit ist eine Tugend. — arbor abietis = der Tannenbaum d. h. die Tanne ist ein Baum. — gens Sueborum. — oppidum Antiochiae.

Anm. 1) Im Deutschen ist dies Verhältniss nur auf Abstracta beschränkt.

2) Bei flumen, urbs, oppidum steht gewöhnlich wie im Deutschen der Name als Apposition.

3) Bei vox, nomen, verbum, vocabulum steht der Name im Genitiv, z. B. vocabulum Germaniae. — nomen carendi.

81. 3) Wenn im Deutschen ein Infinitiv mit *zu* von einem Substantiv abhängt, so steht im Lateinischen der Genitiv des Gerundiums, z. B. ars scribendi = die Kunst zu schreiben d. h. Schreiben ist eine Kunst.

b) *Ablativ-Attribut.*

82. Das Ablativ-Attribut tritt nur im *Ablat. qualitatis* auf (vgl. § 15), in welchem, wie bei dem Genit. qualit., der Ablativ eines Substantivs in Verbindung mit einem Adjectiv (nie mit einem Zahlworte) zur Beichnung einer Eigenschaft dient. [1]

c) *Praepositions-Attribut.*

83. 1) Hängt ein Casus mit einer Praeposition von einem Substantiv ab, so nennt man dies ein Praepositions-Attribut, das im Deutschen weit häufiger ist als im Lateinischen.

84. 2) Im Allgemeinen vermeidet der Lateiner gern die Verbindung zweier Substantiva durch eine Praeposition und zwar:

a) durch den Gebrauch des Genitivs, z. B. rex Macedoniae = der König von Macedonien.

b) durch ein Adjectiv, z. B. Bellum Gallicum = der Krieg mit den Galliern.

c) durch Hinzufügung eines Participiums, z. B. Bellum cum Gallis gestum = der Krieg mit den Galliern.

d) durch Hinzufügung eines Relativsatzes, z. B. Bellum, quod cum Gallis gestum est = der Krieg mit den Galliern.

e) durch die Stellung, z. B. illi de republica libri.

85. 3) Praepositions-Attribute werden im Lateinischen angewandt:

a) an Stelle des Genit. obiect. die Praepositionen in, erga und adversus bei den Wörtern, welche eine Gesinnung, Zu- und Abneigung, Freundschaft oder Feindschaft bezeichnen, besonders wenn das Object eine Person ist und das regierende Substantiv selbst im Genitiv steht, um Zweideutigkeiten zu vermeiden, z. B. amor erga parentes, aber nie amor in litteras.

b) bei Bezeichnung des Stoffes, der Herkunft, z. B. imago ex aere. — uxor ex Helvetiis.

---

[1] Es wird sehr angebracht sein, an dieser Stelle den Unterschied zwischen Genit. und Ablat. qualit. auseinander zu setzen.

c) bei Citaten· und Büchertiteln, z. B. illa de Andromacha = jene Verse aus der Andromache.

d) bei geographischen Bestimmungen, besonders auf die Frage woher? und wohin? z. B. reditus in caelum.

Cap. IV. Object.

1) Object ist der Gegenstand (Person oder Sache), auf welchen sich die von dem Subjecte ausgesagte Thätigkeit bezieht. 86.

2) Man theilt das Object ein in *näheres* und *entfernteres* Object. 87.

1) Näheres Object.

1) Zum Ausdruck des nähern Objects dient im Lateinischen wie im Deutschen der *Accusativ*. • 88.

Accusativ.

1) Der Accusativ dient dazu, den an sich unvollständigen Sinn eines Verbum transitivum zu ergänzen und zu vervollständigen und steht auf die Frage wen? oder was? 89.

Anm. 1) Bei mittere und einigen Compositen fehlt häufig der Objects-Accusativ, welcher eine Person bezeichnet, die etwas thun oder melden soll, wo dann ein sinnverwandtes Nomen als Object zu ergänzen ist, z. B. Caesar ad praefectos misit, qui nuntiarent.

2) Zuweilen wird auch die Angabe des Objects bei transitiven Verben mit de umschrieben, z. B. si pace uti velint, iniquum esse de stipendio recusare.

2) Die deutschen transitiven Verben stimmen meistens mit den lateinischen überein. 90.

a) Einfacher Accusativ.

1) Die Verba oleo, redoleo, sapio, resipio sind im Lateinischen Verba transitiva, im Deutschen dagegen intransitiva und werden übersetzt, nach etwas riechen, schmecken. 91.

2) Transitiv sind im Lateinischen folgende Verba, welche im Deutschen durch Intransitive übersetzt zu werden pflegen. 92.

iuvo und adiuvo

aequo und aequipero etc.

3) Bei den impersonellen Verben piget, pudet, paenitet etc. steht der Accusativ der Person. Derselbe ist im Lateinischen Objectscasus, denn die Verba bedeuten eigentlich: es erfüllt *mich* mit Scham, Verdruss, Reue u. s. w. Die Sache steht im Genitiv. Vgl. § 110. 93.

4) Die impersonell gebrauchten Verben fallit, fugit, praeterit etc. haben den Accusativ der Person bei sich. Die Sache (als Subject) wird durch den Infinitiv oder durch das Neutrum eines Adjectivs oder eines Pronomens ausgedrückt. 94.

Anm. Von decet und dedecet ist auch der Plural gebräuchlich.

5) Viele Verba sind im Lateinischen bald subjectiv bald transitiv und werden daher mit einem Accusativ verbunden, je nach dem man sie übersetzt. Im Deutschen werden sehr viele Verba subiectiva durch die Vorsetzsilben *be, er, ver, zer* transitiv, z. B. irridere lachen und verlachen, — mirari und admirari sich wundern und bewundern, — flere weinen und beweinen. 95.

6) Lateinische Subiectiva werden transitiv und insofern mit einem Accusativ verbunden, wenn sie mit Praepositionen zusammengesetzt werden. 96.

a) Die Verba der Bewegung, wie ire, vadere, currere, volare etc. regieren in Zusammensetzungen mit den Praepositionen circum, per, praeter, trans den Accusativ, z. B. circumire tentoria = an den Zelten herumgehen, circumire hostes = um die Feinde herumgehen, d. h. die Feinde umzingeln.

b) in den Zusammensetzungen mit den Praepositionen ad, con, in und ex, wenn sie eine bildliche oder doch veränderte Bedeutung annehmen, wie z. B. adire aliquem = sich mit Bitten an Jemand wenden, — adire urbes = Städte besuchen, — coire societatem = ein Bündniss schliessen, — inire consilium = einen Entschluss fassen. —

97.　　7) Lateinische Verba subiectiva können mit einem Accusativ verbunden werden:

a) wenn zu ihnen ein Substantiv desselben Stammes oder von ähnlicher Bedeutung mit einem adjectivischen Attribute tritt, z. B. vitam iucundam vivere etc., aber ohne Attribut nur servitutem servire.

b) wenn besonders Verba der Gemüthsstimmung ein ganz allgemein gefasstes Object zu sich nehmen, wie das Neutrum eines Pronomens (id, aliud, hoc, illud) oder eines Zahladjectivs, (multum, plus, nimium, nihil) z. B. hoc laetor.

β) *Doppelter Accusativ.*

98.　　1) Ein doppelter Accusativ, der des *Objects* und der des *Praedicats* (Substantiv und Adjectiv), steht bei folgenden Verben. Im Deutschen übersetzen wir den *Praedicatsaccusativ* mit: *für, als, zu, in.*

a) wozu machen, ernennen, erwählen.

b) nennen, für etwas halten, ansehen, erklären, als etwas erkennen.

c) als etwas haben, wozu geben, nehmen.

d) sich als etwas zeigen (se praebere, se praestare).

99.　　2) Ein doppelter Accusativ, der der *Person* und der der *Sache*, steht bei den Verben:

a) lehren (docere, edocere) und verheimlichen (celare).

b) bei den Verben des Fragens, Bittens und Forderns.

Anm. 1) Die Verba des Fragens und Bittens haben neben dem Accusativ der Person fast nur den Accusativ des Neutrums eines Pronomens bei sich, sonst steht die Sache im Accusativ und die Person mit den Praepositionen ab, de, ex, wie z. B. bei quaerere immer ex und ab, bei petere immer ab.

2) Die Verba des Forderns haben die Sache im Accusativ und die Person auch mit ab bei sich, so immer bei postulare.

100.　　3) Ein doppelter Accusativ, der der Person und der der räumlichen Bestimmung steht bei den mit trans zusammengesetzten Verben, wie transmittere, transducere, transicere, z. B. Agesilaus Hellespontum copias traiecit.

2) *Entfernteres Object.*

101.　　Das entferntere Object, zu dem der *Genitiv* (§ 102) und *Dativ* (§ 116) gehört, steht entweder bei objectiven Verben oder bei transitiven, die bereits durch den Zusatz eines nähern Objects eine gewisse Vollständigkeit des Sinnes erlangt haben, oder auch bei Adjectiven und Adverbien.

a) *Genitiv.*

102.　　Der Genitiv steht auf die Frage wessen? bei Verben (§ 103), Adjectiven (§ 111) und Adverbien (§ 113).

α) *Genitiv abhängig von Verben* und zwar αα) von *objectiven Verben.*

103.　　1) Wie im Deutschen so steht auch im Lateinischen der Genitiv bei den Verben memini, reminisci und recordari.

Anm. 1) memini mit dem Accusativ der Person heisst „ich vergegenwärtige mir Jemand.“

2) memini de aliqua re = einer Sache Erwähnung thun.

3) Obige Verba können auch mit dem Accusativ der Sache construiert werden nach § 97, b.

2) Bei oblivisci, in mentem mihi venit, indigere steht im Lateinischen der Genitiv. 104.

Anm. 1) Bei oblivisci steht auch der Accusativ der Sache.

2) Bei in mentem mihi venit kann auch das Subject im Nominativ stehen, gewöhnlich wenn es das Neutrum eines Pronomens ist oder etwas allgemein Sächliches bezeichnet, z. B. omnia mihi in mentem venerunt. 105.

3) Bei interest und refert, es ist daran gelegen, steht:

a) die Person, der etwas woran gelegen ist, im Genitiv, nur bei den Pronom. person. wird der Ablat. Singul. generis femin. angewandt.

b) die Sache, woran etwas gelegen ist, wird nicht durch ein Substantiv ausgedrückt, sondern 1) durch das Neutrum eines Pronomens id, hoc, illud. 2) durch einen Infinitiv. 3) durch einen Accusativ. c. Infinit. 4) durch einen Nebensatz mit ut oder ne. 5) durch einen indirekten Fragesatz.

c) wieviel, wie wenig an einer Sache gelegen ist, wird ausgedrückt 1) durch einen Genit. des Werthes, wie magni, parvi, pluris, tanti, quanti. 2) durch die Adverbien valde, vehementer, magno opere, magis etc. 3) durch die Neutra multum, plus, plurimum etc.

ββ) *Genitiv bei transitiven Verben neben dem Accusativ des nähern Objects.*

1) Bei den Verben admonere, commonere und commonefacere steht die Person 106. oder Sache, an die ich Jemand erinnere, im Genitiv.

Anm. Das Neutrum eines Pronomens steht im Accusativ, z. B. illud te admoneo.

2) Bei den Verben accusare, incusare, insimulare, arguere, damnare, condemnare, 107. liberare etc. steht das Verbrechen, dessen man einen anklagt u. s. w., im Genitiv.

Anm. 1) Auch die Strafe, zu der Jemand verurtheilt wird, steht im Genit., z. B. capitis damnare.

.2) Eine bestimmte Summe, zu der Jemand verurtheilt wird, steht im Ablativ.

3) Bei den Verben schätzen, d. h. hoch oder gering achten, wird der allgemeine 108. Werth durch den Genitiv ausgedrückt, vgl. § 14, c.

4) Bei den Verben kaufen, verkaufen, miethen, vermiethen, kosten stehen die ver- 109. gleichenden Angaben des Werthes im Genitiv, wie pluris, minoris, tanti, quanti, sonst im Ablativ, wie magno, parvo, minimo. Vgl. § 158, e.

5) Die impersonellen Verben piget, pudet, paenitet etc. stehen mit dem Accusativ 110. der Person (§ 93) und dem Genitiv der Sache.

Anm. Statt des Genit. steht oft ein Infinitiv oder ein Satz mit quod.

β) *Genitiv abhängig von Adjectiven.*

1) Bei vielen Adjectiven, die eine Beziehung auf einen andern Gegenstand ent- 111. halten und deshalb eine Ergänzung bedürfen (Adiectiva obiectiva), steht der Genitiv, namentlich bei denen, welche bedeuten: begierig, kundig, eingedenk u. s. w.

2) Der Genitiv steht bei den Particip. Praes. transitiver Verben, wenn sie eine 112. dauernde Eigenschaft bezeichnen, z. B. fugiens laboris = arbeitsscheu.

γ) *Genitiv abhängig von Adverbien.*

1) Bei den Quantitätsadverbien, wie satis, parum, nimis, abunde, adfatim steht 113. der Genitiv.

2) Zu den Ortsadverbien treten zur Verstärkung des Begriffes „wo" die Genitive 114. terrarum, gentium, locorum u. a. m.

Anm. Auch bei den Zeitadverbien pridie und postridie kann der Genitiv eius diei stehen.

115. 3) Zu den Adverbien eo = bis zu dem Grade, quo = bis zu welchem Grade wird ein Genitiv, wenn auch nicht von Cicero, gesetzt.

b) Dativ.

116. Der Dativ steht auf die Frage wem? für wen? bei Verben (§ 117), und Adjectiven nebst den davon gebildeten Adverbien. (§ 124).

Anm. Von Substantiven hängt der Dativ selten ab, und zwar nur, wenn dieselben von Verben gebildet sind, die den Dativ regieren.

a) *Dativ abhängig von Verben* und zwar α α) *von objectiven Verben auf die Frage wem?*

117. 1) Die deutschen objectiven Verben, die mit dem Dativ verbunden werden, stimmen im Allgemeinen mit den lateinischen überein.

Anm. Ueber iuvare und adiuvare in der Bedeutung helfen vgl. § 92.

118. 2) Folgende objective Verben, die den Dativ regieren, pflegen durch Verba transitiva oder durch transitivische Wendungen übersetzt zu werden. Solche Verba sind: medeor, patrocinor, incommodo, convicior etc.

Anm. Von den angeführten Verben kommt im Pass. nur die 3 Pers. Sing. vor (§ 11), die Person steht auch hier im Dativ, z. B. mihi invidetur = ich werde beneidet.

119. 3) esse in der Bedeutung „gehören" wird mit dem Dativ der Person verbunden.

Anm. mihi est nomen = mir ist ein Name = ich heisse. Der Name steht entweder als Apposition zu nomen im Nominativ oder als praedicative Apposition im Dativ oder, was jedoch das Seltnere ist, im Genitiv abhängig von nomen.

120. 4) Die mit den Praepositionen ad, ante, con, in, inter, ob, post, prae, sub und super zusammengesetzten Verba intransitiva, welche die Bedeutung der Praeposition bewahren, können mit dem Dativ verbunden werden. (§ 123).

Anm. Die Praeposit. ad, con (cum), in wird wiederholt oder eine gleichbedeutende gesetzt, wenn die örtliche Bedeutung mehr hervortritt. Wie der Gebrauch in jedem einzelnen Falle ist, darüber entscheidet der Sprachgebrauch.

ββ) *Dativ bei transitiven und intransitiven Verben auf die Frage für wen?*

121. Der sogenannte *Dativus commodi* oder *incommodi* bezeichnet, dass die im Satze ausgedrückte Handlung Jemandem zum Vortheil oder Nachtheil, zum Nutzen oder Schaden gereiche. — Hierher gehört auch nubere und vacare.

Anm. Der Dativ (*ethicus*) der persönl. Pronom. mihi, tibi, nobis, vobis gehört besonders der vertraulichen Rede an, um Theilnahme oder auch Entrüstung und Unwillen erkennen zu geben. Hierher gehören auch die Redensarten quid tibi vis? quid sibi iste vult?

γγ) *Dativ bei transitiven Verben neben dem Accusativ des nähern Objects.*

122. 1) Im Lat. wie im Deutschen ist der Dativ als entfernteres Object neben dem Accusativ des nähern Objects bei den meisten transitiven Verben zulässig und in manchen Fällen sogar nothwendig.

123. 2) Was von den mit Praepositionen zusammengesetzten intransitiven Verben (§ 120) gesagt ist, gilt auch von den transitiven Verben, nur dass hier noch ein Accusativ des nähern Objects hinzutritt.

*β) **Dativ bei Adjectiven und den davon abgeleiteten Adverbien.***

Der Dativ steht bei den (objectiven) Adjectiven, welche nach ihrer Bedeutung den 124.
Dativ regierenden Verben entsprechen (§ 117), wie nöthig, nützlich, angenehm u. s. w.

> Anm. 1) utilis, aptus, idoneus, accommodatus haben steht den Dativ der
> Person bei sich, aber gewöhnlich ad mit dem Acc. der Sache auf die Frage wozu?
> 2) similis und dissimilis haben bei Personen meistens, bei dem Pronom. per-
> sonal. immer den Genit. nach sich, bei leblosen Dingen den Genit. und Dativ.

Cap. V. Adverbielle Bestimmung.

1) Die nähere Bestimmung eines Verbums, Adjectivs oder Adverbiums heisst ad- 125.
verbielle Bestimmung.

2) Die adverbielle Bestimmung wird im Lat. und Deutschen ausgedrückt durch 126.
einen Casus mit und ohne Praeposition und durch ein Adverbium.

3) Die adverbielle Bestimmung bezeichnet a) den Ort (§ 128), b) die Zeit (§ 145), 127.
c) das Mittel oder Werkzeug (§ 156), d) den Grund (§ 159), e) die Art und Weise (§ 163),
f) den Zweck (§ 173).

1) Adverbial des Orts.

a) Frage *wo?*

1) Auf die Frage wo? stehen die Namen der Städte und der kleinern Inseln im 128.
Locativ. Dieser entspricht der Form nach im Sing. der 1. und 2. Decl. dem Genitiv,
sonst dem Ablativ.

> Anm. Folgende Locat. waren noch im Gebrauch: ruri, humi, domi, domi
> militiaeque, domi bellique, animi (pendere, fallere, horrescere).

2) Meistens werden bei den adverbiellen Bestimmungen auf die Frag wo? die 129.
Praepositionen angewandt, wie ad, apud, cis, citra, circum, circa, extra, infra, inter,
prope, post, super, trans c. Acc. und in und sub c. Abl.

> Anm. Bei pono, loco, colloco etc, folgt auf die Frage wohin? in c. Ablat.
> Steht bei diesen Verben der Name einer Stadt, so wird der Locat. gesetzt, z. B.
> legiones singulas posuit Brundisii, Tarenti, Siponti. (Cic.)

3) Bei den Verben der Bewegung wird die Richtung, in welcher, und die Linie, 130.
auf welcher eine Bewegung geschieht, sowie auch die allgemeinen Ortsbestimmungen
durch den Ablativ ohne Praeposition ausgedrückt.

4) Regeln über totus mit einem Substantiv, über liber (Buch) und über locus. 131.

5) Adverbia des Orts auf die Frage wo? sind z B. ubi, hic, istic, illic, qua, ea, 132.
illa, usquam, nusquam etc.

b) Frage *woher?*

1) Auf die Frage woher? steht ursprünglich der Ablat. ohne Praeposit., so besonders 133.
die Namen der Städte und der kleinern Inseln.

> Anm. So auch domo, humo, rure.

2) Praeposit., die auf die Frage woher? gebraucht werden, sind ab, de, ex. 134.

3) Regeln über natus, ortus, genitus. 135.

4) Bei den Verben (inopiae) orbare, privare, nudare, fraudare, carere, vacare, 136.
egere etc. und bei den Adject., wie expers, vacuus, inanis, nudus, alienus etc. steht der
Ablat. ohne Praeposit.

5) Nach Analogie der Verba inopiae wird auch opus est construiert, entweder als 137.
impersonelles Verbum mit dem Ablat. oder als Praedicat mit dem Subjecte im Nominativ.

6) Hierher gehört die Regel über den Ablativ bei Comparativen für quam mit 138.
dem Nominativ.

139.   7) Bei den Verben wegbringen, vertreiben, abhalten u. s. w. steht der blosse Ablativ oder die Praepositionen ab, de, ex.

140.   8) Ablativ des Stoffes, vgl. § 15 Anm. Bei den Verben des Machens und Bildens wird der Stoff in der Regel mit ex ausgedrückt. — Hierher gehört auch constare bestehen aus und die Ausdrücke wie quid me fiet? quid hoc homine facies?

141.   9) Adverbia auf die Frage woher? sind z. B. hinc, illinc, unde, inde, undique etc. und die Adverb. auf —tus, wie caelitus, penitus etc.

   c) Frage *wohin?*

142.   1) Auf die Frage wohin? stehen die Namen der Städte und der kleinern Inseln im Accusativ ohne Praeposition.

   Anm. So auch domum, rus, humum und die Redensarten infitias ire, venum ire, exsequias ire.

143.   2) Meistens werden die adverbiellen Bestimmungen auf die Frage wohin? durch die Praepositionen in, ad, ante, adversus, contra u. s. w. ausgedrückt.

   Anm. Abweichend vom Deutschen steht auf die Frage wo? im Lateinischen in cum Accusativ. oder bei Städtenamen der Accusativ ohne Praeposit. bei den Verben ankommen, zusammenkommen, versammeln, wie advenire, convenire, cogere, congerere.

144.   3) Adverb. auf die Frage wohin? sind z. B. quo, eo, huc, illuc, alio etc.

2) *Adverbial der Zeit.*

   a) Frage *wann?*

145.   1) Auf die Frage wann? steht der Ablat. ohne Praeposition, z. B. anno ante Chr. natum quarto.

   Anm. Ursprünglich stand auch hier, gleichsam die Ruhe in der Zeit bezeichnend, der Locativ. So haben sich noch aus dem alten Latein erhalten die quinte, die proximi, die septimi, die septimei; andere wurden Adverbien wie postridie, pridie, cotidie vespere, vesperi, temperi, mane etc.

146.   2) Zur Bezeichnung, wann etwas geschieht, dienen auch die Praepositionen in, cum, sub.

   a) Praeposit. in steht 1) bei tempus in der Bedeutung: Lage, Umstand, Noth. 2) bei Lebensaltern, z. B. in senectute. 3) in den Ausdrücken in praesenti oder in praesentia. 4) in bello, in pace = im Verlauf des Krieges, des Friedens.

   b) Praeposition *cum* wird gebraucht, wenn der Anfangspunkt des Ereignisses mit dem Eintritt einer Zeitfrist angegeben werden soll, z. B. cum prima luce proelium ortum est.

   c) Praeposition *sub* c. Acc. steht, wenn der Anfangspunkt des Ereignisses kurz vor Eintritt der Zeitfrist angegeben wird, daher im Deutschen durch gegen übersetzt, z. B. sub ortum lucis.

147.   3) Auf die Frage während? in wie viel Zeit? binnen welcher Zeit? innerhalb welcher Zeit?, wo auch die Frage wann? zu Grunde liegt, steht der Ablativ ohne Praeposition, z. B. biduo, triduo.

148.   4) Statt des Ablativ können auch die Praepositionen *in, inter, intra* stehen.

   a) *in* steht, wenn ausgedrückt werden soll, wie oft innerhalb einer Zeit etwas geschieht, z. B. bis in die, semel in anno.

   b) inter = während der ganzen Zeit.

   c) intra = innerhalb, noch vor Ablauf von —, in weniger als —.

b) Frage *seit wann?*

1) Die Frage seit wann? wird durch bie Praepositionen ab, ex, post ausgedrückt, 149. besonders in den Redensarten *ab* initio, a principio, a puero, a pueris, ab urbe condita.— *ex* illo die, ex quo, ex consulatu. — *post* hominum memoriam.

2) Auf die Frage seit wie langer Zeit?, wenn eine bestimmte Anzahl von Jahren 150. oder Tagen angegeben wird, steht gewöhnlich der Accus. einer Ordinalzahl mit iam und mit Hinzurechnung der laufenden Zeit. Im Deutschen gebraucht man die Cardinal- zahlen, z. B. Mithridates annum iam tertium et vicesimum regnat, d. h. seit 22 Jahren.

c) Frage *bis wann?*

1) Auf die Frage bis wann? bis zu welcher Zeit? steht die Praeposition ad, z. B. 151. vigilare ad multam noctem.

2) Auf die Frage auf wie lange Zeit? steht die Praep. in c. Accus., z. B. in 152. posterum diem — bis auf den folgenden Tag. — in perpetuum. —

d) Frage *wie lange?*

1) Auf die Frage wie lange? steht der Accusativ ohne Praeposition, so immer bei natus. 153.

Anm. 1) Um die Dauer einer Handlung als ununterbrochen zu bezeichnen, wird per gebraucht

2) Auch der blosse Ablativ steht scheinbar auf die Frage wie lange? (§ 147), z. B. milites quinque horis proelium sustinuerunt.

3) Wie lange? seit wie lange? bei Ordinalzahlen vgl. § 150. — Wie lange? bis wie lange? auf wie lange vgl. § 152.

2) Auf die Frage seit wie lange? vom jetzigen Augenblicke an gerechnet steht 154. abhinc mit dem Accusativ, sehr selten mit dem Ablativ.

Anm. Dies kann auch ausgedrückt werden, indem das Pronom. hic hinzu- tritt, z. B. abhinc sex menses — ante hos sex menses — his sex mensibus.

3) Die Frage seit wie lange vorher oder nachher? von der Zeit an gerechnet, 155. wann etwas geschieht, wird ausgedrückt:

a) mit dem Ablativ sowohl der Ordinal- wie Cardinalzahlen und dem nachge- stellten post oder ante,

b) mit dem Accusativ und dem vorgestellten post oder ante,

c) indem post oder ante zwischen Zahl und Substantiv tritt, wo dann Ablativ und Accusativ stehen kann

Anm. 1) Hängt von dem post oder ante ein Substantiv ab, so muss der Fall unter a eintreten, z. B. tertio anno post mortem Ciceronis.

2) Wird die Zeit unbestimmt ausgedrückt, so steht der Ablativ, z. B. paulo post, neque ita multo post. (§ 165).

3) *Adverbial des Mittels und Werkzeugs.*

1) Das Adverbial des Mittels und Werkzeugs bezeichnet den Gegenstand, vermittelst 156. dessen etwas bewirkt wird, und steht auf die Frage womit? wodurch?

2) Das Adverbial des Mittels und Werkzeugs wird durch den Ablativ ausgedrückt 157. und kann zu Verben und Adjectiven jeder Art treten.

Anm. 1) Ist das Mittel eine Person, so steht per, oder es tritt die Umschreibung mit beneficio, auxilio, opera ein.

2) Bei Heeresabtheilungen, die in der Hand des Feldherrn als blosses Mittel oder Werkzeug erscheinen, besonders bei Collectivbegriffen, wie cohors, copiae, legio, manus etc, fehlt gewöhnlich die Praepos. per.

3) Sind **Thiere** die Werkzeuge, so steht der Ablat. ohne Praepos.

3) Der Ablativ als Mittel oder Werkzeug steht besonders in folgenden Fällen:

a) bei den Gliedern des Körpers in ihrer eigenthümlichen Thätigkeit, z. B. oculis videre, pedibus ire.

b) bei den Verben niti, fidere, confidere und dem Adjectiv fretus.

c) bei den Verben ernähern, erhalten, leben von etwas, wie vivere, alere, vesci.

d) bei den Verben, welche opfern bedeuten, wie facere, libare, immolare, z. B. nunc et in umbrosis Fauno decet immolare lucis, Seu poscat agna sive malit haedo.

e) bei den Verben begaben, beschenken, ausrüsten, zieren, schmücken, belasten u. a. m. auf die Frage womit?

Anm. Bei manchen Verben, wie aspergo, inspergo, circumdo, circumfundo etc. steht neben dem Accus. der Person und Ablat. der Sache auch der Dativ der Person und Accusativ der Sache, vgl. § 122.

f) bei den Verben bilden, unterrichten, gewöhnen, üben auf die Frage worin?

g) bei den Verben überwältigen, übertreffen, sich auszeichnen, gleich und ungleich sein, blühen, kräftig sein nebst den entsprechenden Adjectiven auf die Frage wodurch? woran?, so auch bei dignus, indignus, dignari (ausgezeichnet sein durch etwas).

h) bei den Verben utor, fruor, fungor und potior, die durch objective Verben übersetzt zu werden pflegen.

i) bei den Verben, erfüllen, ausfüllen, Ueberfluss haben, vermehren, bereichern (verba copiae) nebst den entsprechenden Adjectiven.

k) bei den Verben, welche verbergen, einhüllen, einschliessen, verwickeln, mischen bedeuten, indem das Einschliessende als Mittel aufgefasst wird, während wir es räumlich nehmen, z B. castris se tenere.

e) bei den Verben kaufen, verkaufen, miethen etc. steht der Preis als Mittel des Erwerbs im Ablativ, und die vergleichenden Ausdrücke im Genitiv, vgl. § 109.

m) bei den Verben messen, bestimmen, beurtheilen, auf die Frage wonach?

n) besonders bei Adjectiven steht zur näheren Bestimmung der Ablativ (limitationis), in welcher Rücksicht, in welcher Beziehung etwas ist.

4) Adverbial des Grundes und der Ursache.

1) Das Adverbial des Grundes und der Ursache steht auf die Frage wovon? wodurch? worüber? wesshalb? Im Deutschen werden die Praepositionen aus, durch, vor, wegen u. s. w. gebraucht.

2) Im Allgemeinen steht auf die Frage wesswegen? wesshalb? aus welcher Ursache? in Folge wessen? bei Verben und Adjectiven der Ablativ, z. B. desiderio, gaudio, amore.

Anm. 1) Zu dem Ablativ eines innern Beweggrundes tritt gewöhnlich ein Part. Perf. Pass. z. B. dolore incensus — aus Schmerz.

2) Oft werden die Praepositionen propter, ob, prae, de, ex und die Ablative causa und gratia gebraucht.

3) Am häufigsten steht der Ablativ des Grundes in den Formen der Subst. verbal., welche mit dem zweiten Supinum gleichlautend sind, wie hortatu, monitu, iussu etc., zu denen nie eine Praeposition tritt.

3) Der Ablativ steht bei den Verben, welche eine Empfindung, wie Freude, Betrübniss, Schmerz ausdrücken, z. B. gaudere, laetari, dolere, gloriari u. s. w.

Anm. 1) Wird die Ursache als der Gegenstand dargestellt, auf welchen sich die Empfindung bezieht, so steht de.

2) bei laborare steht ex, wenn der leidende Theil des Körpers angegeben wird.

3) Wird zu diesen Verben das Neutrum eines Pronomens gesetzt, so steht dies im Accusat., vgl. § 97, b.

4) Die wirkende Ursache steht bei den Passiven der transitiven und objectiven Verben sowie auch bei subjectiven Verben und Adjectiven mit passivem Sinne auf die Frage wovon? wodurch? im Ablativ, wenn es Sachen, mit ab, wenn es Personen sind.   162.

Anm. 1) Wird eine Sache persönlich gedacht, so steht auch hier ab.

2) Statt des Ablativs mit ab zur Bezeichnung der persönlichen Ursache kann auch, jedoch selten, der Dativ eintreten.

5) Adverbial der Art und Weise.

1) Das Adverbial der Art und Weise wird angewandt, um zu bezeichnen, wie etwas ist oder unter welchen Umständen und Verhältnissen etwas geschieht.   163.

2) Der Accusativ steht auf die Frage wie lang? wie breit? wie dick? wie hoch? wie tief?   164.

Anm. ceterum, cetera, summum, id genus, magnam (maximam) partem etc.

3) Der Ablativ steht auf die Frage um 'wie viel? eine Sache die andere übertrifft oder übertroffen wird bei Comparativen und Superlativen oder bei Wörtern mit comparativem Begriffe. Solche Ablative sind tanto, quanto, multo, nihilo, paulo etc. vgl. § 155 Anm. 2.   165.

4) Der Ablativ wird ferner zur Bezeichnung der Art und Weise gebraucht   166.

a) bei Substantiven mit einem Attribute, besonders in folgenden Fällen:

α) wenn die Substant. selbst Art und Weise bedeuten, wie modus, ratio, mos, ritus.

β) wenn die Substant. selbst Gesinnung, Absicht, Bedingung bezeichnen, wie animus, mens, consilium, lex, condicio.

γ) wenn untrennbare Theile, dauernde Eigenschaften oder begleitende Handlungen bezeichnet werden.

b) bei Substantiven ohne adjectiv. Attribut besonders in folgenden Ausdrücken: ordine, consilio, ratione, casu, iudicio, iure, iniuria, silentio, voluntate etc.

Anm. Diese Ablative können auch mit Adverbien coordiniert werden, wie recte atque ordine.

5) Um die Art und Weise zu bezeichnen, werden auch die Praepositionen cum, ad, de, ex, in, per angewandt.   167.

a) cum bezeichnet den eine Handlung begleitenden Umstand, wie cum silentio praeterire, cum voluptate, cum clamore. Tritt zu dem Substantiv noch ein Adjectiv, so kann cum stehen oder fehlen. Es muss aber gesetzt werden, wenn Folge oder Wirkung bezeichnet werden soll, wie z. B. Verres Lampsacum venit cum magna calamitate civitatis = Verres kam zum grossen Unglück des Staates nach Lampsacus.

Ferner wird cum immer gesetzt, mag ein Adjectiv zu einem Substantiv treten oder nicht

α) um eine Begleitung von Personen zu bezeichnen.

Anm. Wenn von Heereszügen die Rede ist, so fehlt häufig cum, niemals aber bei mittere und seinen Compositen.

β) bei Angabe dessen, was Jemand an und bei sich hat.

b) Praeposition ad, z. B. ad morem, ad voluntatem, ad amussim.

c) Praeposition in c. Accusat., z. B. in modum, in morem, in speciem.

d) Praeposition per, z. B. per litteras, per iniuriam, per ludum, per dolum, per vices etc.

e) Praeposition ex, z. B. ex animo laudare, ex sententia, ex voluntate, ex ordine, ex composito, ex verbo, magna ex parte etc.

f) Praeposition de, z. B. de improviso, de industria, de more etc.

168. 6) Statt des Ablativs oder statt der Praeposition mit einem Casus kann auch das Adverbium gesetzt werden, also für cum studio auch studiose, für cum diligentia auch diligenter, für maxima cum diligentia auch diligentissime.

6) Adverbial des Zweckes.

169. 1) Das Adverbial des Zweckes steht auf die Frage wozu?

170. 2) esse mit dem Dativ der Person und dem Dativ der Sache heist „gereichen, dienen wozu.“

Anm. Der Dativ der Person kann auch fehlen in den Redensarten: argumento esse == zum Beweise dienen, usui esse, derisui esse etc.

171. 3) Auch bei den Verben, welche bedeuten „zu etwas anrechnen,“ wie dare, ducere, tribuere, vertere steht neben dem Accusativ des nähern Objects der Dativ des Zweckes.

172. 4) Der Dativ der Sache (des Zweckes) steht bei den Verben dare == geben, mittere == schicken, relinquere == zurücklassen, venire == kommen.

Anm. Als Redensarten sind zu merken: receptui canere, doti dicere, pignori opponere etc.

173. 5) Um den Zweck zu bezeichnen, können auch statt des Dativs die Praepositionen ad und in c. Accusat. gebraucht werden, entweder um Zweideutigkeiten zu vermeiden, oder auch um den Zweck stärker auszudrücken.

Uebersicht.

Bremen: Druck von F. C. Dubbers.